学法诗缘

XUEFA
SHIYUAN

刘广安 著

中国政法大学出版社

2024·北京

图书在版编目（ＣＩＰ）数据

学法诗缘/刘广安著. —北京:中国政法大学出版社,2024.4
ISBN 978-7-5764-1465-3

Ⅰ.①学… Ⅱ.①刘… Ⅲ.①诗集－中国－当代 Ⅳ.①I227

中国国家版本馆CIP数据核字(2024)第094073号

出　版　者	中国政法大学出版社
地　　　址	北京市海淀区西土城路25号
邮寄地址	北京100088信箱8034分箱　邮编100088
网　　　址	http://www.cuplpress.com (网络实名：中国政法大学出版社)
电　　　话	010-58908586(编辑部) 58908334(邮购部)
编辑邮箱	zhengfadch@126.com
承　　　印	北京中科印刷有限公司
开　　　本	880mm×1230mm　1/32
印　　　张	4.75
字　　　数	100千字
版　　　次	2024年4月第1版
印　　　次	2024年4月第1次印刷
定　　　价	49.00元

隆禮蒙政致业
束仦剗蒙政致
生来

刘广安

北大本科
毕业留言
1983

刘广安博士专场学术报告会

1993
云南大学

'93中国法律史国际学术研讨会

前　言

　　1967年夏，我读小学五年级时，在大舍小学淘汰的书堆里，找到何其芳写的普及读物《诗歌欣赏》。此书第一部分欣赏民歌，第二部分欣赏古典诗歌，第三部分欣赏现代诗歌。我对这三类诗歌的了解和爱好，就是此书奠定的基础。书中欣赏李白《蜀道难》、白居易《长恨歌》《琵琶行》的内容，影响了我一生欣赏古典诗歌的倾向。此书第一部分对藏族、蒙古族、彝族民歌的评论，也培养了我对民歌的终生喜爱。成年后看过一些诗论著作，书名四个字的就有朱自清的《诗言志辨》、施蛰存的《唐诗百话》、吴经熊的《唐诗四季》、林庚的《唐诗综论》、周汝昌的《诗词赏会》等，但都没有超过对何其芳的《诗歌欣赏》的长期喜爱。《诗歌欣赏》对我来说，既是童年时期的启蒙老师，又是青年时期的随身伴侣，也是中年时期的诚挚朋友，且是老年到来的故土亲人。

　　平生与诗结下了不解之缘。多年习惯，随兴写存古体小诗，积少成多，渐次成册。退休安闲，汇编记缘。编选小诗，注意四个要素：诗情、诗意、诗境、诗技。第一要有真情实感；第二要有思想厚度；第三要有生活境界；第四要有基本诗技。严谨的近于格律诗，随兴的近于打油诗，多数是七言古体诗，少数是杂言古体诗。平仄是格律诗的标志，顺口是打油诗的标志，清畅是古体诗的标志，情感是三类诗的灵魂。标志是诗的形体，灵魂是诗的精神，二者同样重要。平仄难于掌握，格律诗难写。顺口容易修炼，打油诗易写，要写得有趣却很难，所以打油诗的名篇名家很少。清新流畅的古体诗，语言充满活力，精神富于自由，既重视汉语的节奏，也注意音调的和谐，不像格律诗谨严，也不像打油诗俗滑。难易适中，古往今来，名篇名家出现很多，阅读受众也很多。

古体诗比格律诗的语言更有活力，发展空间更大；比打油诗的语言更为讲究，意境更为丰富。唐诗的代表作不仅有杜甫、王维等人的格律诗，而且有李白的《蜀道难》《将进酒》和白居易的《长恨歌》《琵琶行》等古体诗。古体诗源远流长，有深厚的文化基础，有广大的阅读受众。作为古体诗的长期爱好者，用其形式编写本书，既是记述平生经历感怀，也是希望古体诗复兴光大，活力久远。

《古诗十九首》堪称古体诗的代表作，著名诗学家叶嘉莹认为："《古诗十九首》所写的感情基本上有三类：离别的感情、失意的感情、忧虑人生无常的感情——这三类感情都是人生最基本的感情，或者也可以叫作人类感情的'基型'或'共相'。因为，古往今来每一个人在一生中都会有生离或死别的经历；每一个人都会因物质或精神上的不满足而感到失意；每一个人都对人生的无常怀有恐惧和忧虑之心。而《古诗十九首》就正是围绕着这三种基本的感情转圈子，有的时候单写一种，有的时候把两种结合起来写，而且它写这些感情都不是直接说出来的，而是含意幽微，委婉多姿。"（转自《光明日报》阅读公社工作室）叶先生的这段评论，也说明了情感是古体诗的灵魂。引述这段评论，我要说明的是，每一个人都有积极的情感，也有消极的情感，或者说正面的情感与负面的情感，这两种情感的转化，如何表达出来，是我写古体诗常遇到的问题。这是具有互相交流的普遍价值的问题。

1975 年至 1977 年，我在曲靖师范中专期间，曾写过《一枝笔》《一杯酒》《难忘的七六年》等长篇自由诗，在《云南日报》发表过两首古体诗，曾梦想成为诗人。1979 年至 1983 年，我在北大读本科时期，遇到诗才很高的两位同班同学：查海生（海子）和郭巍，都是来自乡村的俊秀子弟，有一种天然的亲切关系。本科毕业后，仍然保持友好的联系。在某种程度上，可以说，他们让我认清了自己诗才的高低，改变了我成为诗人名扬四方的梦想，坚定了走学者的艰辛寂寞之路。以诗为理想变成了以学术为生命的寄托，以诗为梦变成了以文为子的追求。1986 年 6 月，郭巍在北大硕士研究生毕业之际，和我到昌平看望海子，留下铁道上的合影，特别用在本书扉页。少量自由诗，按写作时间也编入书中存念。

用古体诗说明法史，说明《周礼》，是本书的主要组成部分，特别编在上篇。近日收到俞江教授研究《周礼》的大著《〈周官〉与周制》，引发感言："超越眼前的小得失小名利，超越才子的小聪明小智慧，超越文人的小情怀小趣味，超越学术论文的自大或学术散文的自喜，立大志向，发大愿心，下大功夫，攻大问题，方有可能写出重量级学术专著。发现大问题，提出大问题，攻研大问题，须有可遇而难求之人，可遇而难求之缘。尽力而为，看准小问题，写出有价值的著作已不容易，何况攻研大问题，写出重量级学术著作。"这段感言近于散文诗句，特意转录作为前言。以散文入诗，以口语入诗，扩展了诗歌的天地，增强了诗歌的活力。前人已有很多作品，值得进一步探索。转录这段感言，也是提醒自己：虽然提出了值得反思的问题，写出了值得出版的著作，但必须时刻知道，大书的高峰在哪里，小书的高峰在哪里，大书的高峰如《史记》《历代刑法考》，小书的高峰如《乡土中国》《美的历程》。向着高峰的方向走，虽不能至，心向往之……

刘广安

2023 年 11 月 22 日至 12 月 19 日

于京华东斋

目 录

上篇　学缘诗选

学法追忆 ... 003

诗说法史 ... 017

诗说《周礼》... 028

三致猫儿 ... 041

下篇　地缘诗选

京华感怀 129 首 ... 047

颐和园即兴 18 首 ... 075

黄河开封洛阳 11 首 ... 079

长江秦淮河 15 首 ... 082

孔府泰山 3 首 ... 087

新疆吐鲁番 1 首 ... 088

都江堰成都 5 首 ... 089

杭州西湖 26 首 ... 091

江苏徐州 2 首 ... 097

镇江扬州 2 首 ... 098

桂林阳朔 12 首 ... 099

银川贺兰山 1 首 ... 102

丽江大理剑川 14 首 ... 103

西双版纳 3 首 ... 106

海南岛 3 首 ... 107

日月潭 1 首 ... 108

西安 2 首 ... 109

兰州 8 首 ... 110

济南 2 首 ... 112

武汉 3 首 ... 113

重庆 3 首 ... 114

昆明 3 首 ... 115

曲靖 12 首 ... 116

建水 1 首 ... 120

罗平 1 首 ... 121

师宗 4 首 ... 122

五龙 17 首 ... 123

硝硐 6 首 ... 130

墨尔本 5 首 ... 132

新西兰 1 首 ... 134

附录 1：旧词 4 首 ... 135

附录 2：求学问答 ... 139

附录 3：出书感念 ... 143

后 记 ... 146

上　篇
学缘诗选

学法追忆

一
北大本科学法追忆

七九考上法律系，没有课本全靠记。
几个班级上大课，二百余人一教室。

文革之后新三届，如饥似渴忙学习。
中外名著争借阅，燕园高才探法意。

上铺同学是老季，江西文科考第一。
早出晚归拼命学，志向远大才称奇。

对床同学戴学正，十六年华应届生。
来自鄂省麻城县，当年湖北第二名。

浙江同学张志铭，同舍四年存交情。
毕业之后多帮助，中国社科发宏文。

江苏同学郭诗人，对床上铺巍然吟。
组建晨钟文学社，出版诗集长留存。

湖南同学有伍彪，四年同舍多微笑。
当了总编当社长，能官能商能领导。

广西同学有覃幸，文才诗才皆异人。
钓鱼专著水准高，微信议论火得很。

河南同学王小能，央视讲法成名人。
北大教授正当红，毅然做了出家人。

浙江同学徐月芬，七九省考第一名。
四十年后微信知，已是六十上下人。

首任班长李京生，军龄九年当骑兵。
书上观来终觉浅，毕业留言重千钧。

二任班长赵利国，联系同学站位高。
毕业过了四十年，有事全班问老赵。

三任班长是夏华，上海高才进北大。
毕业赠言记在心，滇东书生谢方家。

重庆同学有何力，当过军人多才艺。
班群尊称何百科，难得微信聚一起。

四川同学田万国，毕业留言存传说。
天府之地造绿洲，耳顺年后诗缘多。

军人出身有刘钢，足球场上真健将。
又做律师又收藏，鉴赏油画大名扬。

山西同学李存捧，十六少年上北大。
多年效力法学会，偶写高文展才华。

北京同学有韩冀，军人家庭好子弟。
同学聚会合照美，出自韩君妙手笔。

天才同学查海生，以梦为马祖国魂。
万丈晨曦从天降，面朝大海祭诗神。

天才同学马星亮，英年早逝哀同窗。
新春贺卡留存多，高干子弟好榜样。

学习委员罗建平，数十门课全优生。
曾任广西检察长，劳累病逝已远行。

聪明俊朗王国新，《法学阶梯》主编人。
中院院长正当年，病故任上未尽命。

比较宪法上大课，七七七九同教室。
龚祥瑞师颇有派，不赞七九赞七七。
讲授内容多忘记，课间问答留花絮。
存在是否即合理，龚老怒斥法西斯。

中国法律思想史，主讲此课国华师。
近代湖南出名家，张国华师有传奇。
西南联大工转文，善学善思胜同仁。
先秦诸子数家珍，近代倡研沈家本。

外国法律制度史，主讲此课由嵘师。

朴实厚重滇中人，明白讲解少修辞。

罗马法律传世界，比较异同论法系。

后生学路能走远，多靠本科养底气。

2021 年 1 月 5 至 7 日，2023 年 11 月 26 日增补

《学法追忆》初稿只简单追忆了北大本科的 12 位同班同学，已作为《口述法史》附录，于九州出版社 2021 年出版了。本书增补追忆了 8 位同班同学，还有 31 位同班同学没有写到。这本小书追忆同学的一点一滴，追忆北大的一鳞半爪，感念学缘，特录存念。

北大学生宿舍 38 楼 529 室，位于该楼西头，窗户北向，终年照不进阳光。寒冬北风呼啸，窗户内外都结了很厚的冰。7 位室友来自湖南、湖北、江苏、浙江、江西、河南、云南。开学初期记存小诗两首和毕业留言小诗两首，同录存念：

面对普通的晚点，

面对朝夕来往的同窗，

请允许我，就这样——

表达新年的愿望。

既不用美妙的言词，

也不用华丽的诗章。

亲爱的同学们，

但愿我们的心儿永远年轻，

但愿我们的友谊常像今天晚上。

但愿我们的生活像这苹果一样甜，花生一样香。

但愿我们成为八十年代的栋梁！

1979 年 12 月 31 日晚即兴诵于北大 38 楼 529 房间

我有个最活泼的朋友，

我有个最亲密的伴侣，

这就是——

我的小诗和我的日记。

我孤独的时候，

就找她们谈心。

我忧郁的时候，

就请她们开导。

我喜欢的时候，

听到她们在笑。

我悲伤的时候，

听到她们叹气。

为了我这孱弱的朋友，

为了我这心爱的伴侣，

为了她们的幸福安宁，

我的脾气变得温和了，

我的欲望变得善良了。

为了她们的贞洁自尊，

我的性格变得坚韧了，

我的目光看得更远了。

1980 年 2 月 15 日腊月三十于北大 38 楼 529 房间

未名湖畔人工秀，庙峰山上自然馨。
待到皓首忆当年，定将倍觉同学亲。

1983 年 7 月赠北大同学

南国飞鸿北国雁，书山学海共未名。
同窗四年犹觉少，当称人品胜书评。

1983 年 7 月赠北大同学

二

法大读研工作感赋

二十三年寒窗路，一纸论文透心血。
父母师长妻友问，亦喜亦悲意难却。

1988 年 12 月 30 日交博士论文稿感赋

二十三年寒窗苦，换得梅花万里香。
今日匣底苍龙吼，大风起兮云飞扬。

岳母冯宝钿老师和诗鼓励

二十三年寒窗影，危坐求知意更真。
沧海人生方起步，可怜天下师友心。

导师张晋藩先生和诗激励

二十三年苦乐中，灵犀七千半万通。
长风剩许随人志，请为苍生爱后生。

1989 年法律古籍收藏家田涛先生和诗勉励

二十八年清寒功，七尺书斋竟难得。

以文为子半犹梦，只见床头卧猫儿。

1993 年秋于京华筒子楼

年近四十多感慨，中西贯通欠天籁。

夏花早随春归去，冬雪迟送秋令菜。

树高三丈根未深，学富两车意难泰。

看罢今贤思昔贤，可领风骚一二代。

1994 年元旦依卫方君感怀诗韵作

人近中年渐知命，洗尽铅华返本心。

以文会友非易事，苦乐哀荣总关情。

1995 年于京华

人到中年莫慌张，认识自我明强项。

专业学问钻两门，不与时贤争短长。

2001 年 12 月 28 日于京华

非典闹数月，闭门著长文。

一部简史就，两鬓白发生。

高尚落泪难，犹可感真诚。

若为信念故，何惧白发增。

2003 年 10 月 10 日于京华

人到中年阅历多，名利财色已不惑。
友情往来只随缘，淡泊安静泰然过。

2005 年 5 月 25 日于京华

为人宁可忍中庸，不做偏激自大狂。
问学兼收且并蓄，择善而从师有常。

2006 年 1 月吉日于京华

治学贵自立，待友崇真善。
生活重欣赏，安然天地间。

2006 年 1 月 30 日正月初二

三天两头去书店，半是无奈半自愿。
若有学术好沙龙，何必多花买路钱。

2006 年 2 月 3 日正月初六

选题纲目师指导，字斟句酌生多想。
美育学术代宗教，发示诸君共思量。

2008 年 3 月 29 日发诸生

师生多年学不易，修炼性格著高文。
古今选题歧路多，勤谨韧专致大成。

2008 年 5 月 19 日发诸生

法史教材近百种，拙编与众有不同。
平实简要话古今，轻其所轻重其重。

2008 年 6 月 18 日于京华

花过千日芬芳少，文同窖酒老更醇。
若无三寸真如地，哪得来人仔细吟。

2008 年 6 月 15 日李凤鸣复电

弃文从法自大三，数度劫波到中年。
名利追求无止境，洗去铅华归平淡。

2008 年 6 月 27 日读《北大往事》

五十过后知天命，不贪不妒有仁心。
得失多少顺自然，成就高低任君评。

2011 年 10 月 29 日

著作本比头衔重，学者之道书生通。
人为意义靠体悟，知足能赏贵从容。

　　　　　　2012 年 12 月 4 日

法苑耕耘三十年，编撰小集稍纪念。
为文不论短与长，学有所本有所见。

　　　　　　2012 年 4 月 20 日于京华

微观中观加宏观，见木见林亦见山。
考据义理须兼顾，毋固毋我毋走偏。

　　　　　　2014 年元月于京华

死里逃生数十年，学术江湖走一番。
三生多幸享太平，四季少难祈康安。

　　　　　　2017 年 12 月 31 日

半靠人力半靠命，含泪带笑走到今。
古体小诗汇成册，学法大路任君行。

　　　　　　2018 年 1 月 7 日

暖色封面出几本，组成系列生效应。
寒风吹过旧岁去，热茶飞香新春近。

2018 年 1 月 12 日

走过海淀步行街，又到中国书店来。
年末再淘书两本，岁首企盼百花开。

2018 年 2 月 13 日

春节难远行，每天过碑亭。
七九年北上，未名湖迎新。
本科第一课，侯老讲故京。
不惑已入梦，耳顺再起程。

2018 年 2 月 20 日

学法研法四十年，重要论文有几篇。
家法族规研发早，民族法规论著专。
民间调解入项目，法史学术视野宽。
体系作用又变通，律典令典加会典。
指导博士十来个，攻克专题意深远。

2019 年 10 月 9 日

三十余年小书柜，耳顺之后多回味。
半生努力半成真，以文为子不后悔。
滇东硝村放羊娃，高考恢复上北大。
学法研法四十年，以文为子传华夏。

2019 年 10 月 17 日

耳顺年后难入眠，夜半醒来把书念。
重读经典尽力写，论著深义多提炼。

2019 年 11 月 16 日

诗说法史 *

一
人物篇

孔子重礼更重仁，德主刑辅倡导人。
无讼理想本教化，宽猛相济两手硬。

孟子主张行仁政，反对滥征滥用刑。
提出民贵君轻说，并言暴君放伐论。

荀子学说博而深，儒法合流首倡人。
隆礼重法不偏颇，奠定帝制法理论。

　＊ 2020 年 3 月 26 日编写的《法史中国》，经中国法律史学会执行会长王健教授推荐，由《法学学术前沿》公众号发表于 2020 年 3 月 31 日。收入《口述法史》附录，九州出版社 2021 年版。今改名《诗说法史》，收入本书。

春秋战国天下乱，诸子救世争建言。
形成学派十余种，儒墨道法最彰显。

墨家学说重平等，尚同尚贤尚鬼神。
治国必须尊天志，赏罚得当天下平。

道家学派讲无为。否定法律否定礼。
顺应自然合天道，法令滋彰多盗贼。

法家先驱郑子产，铸鼎立法公开化。
改革贵族旧礼制，与民同罚救天下。

魏国李悝编《法经》，成文法典传后人。
六篇体例有总则，生命财产为中心。

商鞅变法重刑赏，什伍连坐民如羊。
改法为律统一化，军令如山国力强。

韩非综论法术势，法家学说集大成。
助力始皇称帝业，影响千年行秦政。

萧何出身刀笔吏，为政知先重法律。
整理秦法编九章，律令配合保统一。

文景改革肉刑制，推行仁政合民意。
西汉江山两百年，至今史家赞二帝。

汉初出了董仲舒，主张三纲尊儒术。
经义决狱寻法理，秋冬行刑借天助。

张斐注律意义大，简单法条理论化。
适用原则更明确，罪名区分定高下。

志大才疏光绪帝，支持变法欲救世。
错用书生康有为，百日维新圣火熄。

政变上台清慈禧，镇压维新囚光绪。
晚年支持法改革，宪法大纲有新意。

近代枭雄袁世凯，支持修律与政改。
武力争得总统位，一记约法称帝败。

孙文临时大总统，五权宪法未及用。
出师半捷身先去，中华民国成一梦。

黄土高原东方红，出了领袖毛泽东。
社会主义救中国，法治道路探寻中。

中国人民三生幸，炼就伟人邓小平。
脚踏实地谈改革，一国两制开新景。

一个时代选一人，七言概括法特征。
若要用语达精准，看似平易实费心。

2020 年 3 月 30 日于京华东斋

二
制度篇

"八诰"记载周初制，金文留存周信史。
五刑适用见《吕刑》，"世轻世重"百代记。

唐代立法系统化，疏议精深多行家。
编纂《六典》仿《周礼》，确立法统垂天下。

以准皆各其即若，适用术语解释多。
传统立法关键词，读懂律典须掌握。

宋代司法有创新，翻异别推可复审。
鞠谳分司相制约，保证司法更公正。

太祖洪武用重典，编纂律诰溯周源。
有明一代法网密，外儒内法是典范。

清承明制有发展，律文条例合一编。
传统法系集大成，律典则例与会典。

慎用死刑定秋审，情实缓决或可矜。
留养承祀重人道，良法精神应传承。

民事案件重调处，未必征引律例文。
准情酌理按时结，农忙季节延期审。

家法族规法律化，民族立法体系化。
五朝会典立法统，大清律例垂天下。

清末修律变革起，引进六法代律例。
帝制走向宪法制，改换法统与法系。

律典令典与会典，各典皆未限君权。
历代法律名称多，未超国家工具观。

三
学术篇

七言小诗咏经典，书多成灾贵在选。
常人看了不觉深，专家看了不觉浅。

《中国史纲》到东汉，半部教材成经典。
三十七岁张荫麟，一代史家名著传。

四十年代书成典，《中国史纲》首当选。
史哲综论才识高，言浅学深大道传。

八十年代评经典，《美的历程》应入选。
文史哲艺熔一炉，大醇小疵胜庸言。

《经典常谈》一小书，四部要籍皆评点。
诗文部分最优异，行家看后都称赞。

本体认识方法论，通俗易懂讲分明。
思想范畴及运用，《大众哲学》亦成经。

《乡土中国》登讲台，社会学理新路开。
礼治秩序亲体验，活的概念提炼来。

小说史略鲁迅撰，购阅时在七六年。
四十余载受益多，能述能作能思辨。

行政法学中国化，名扬时代王老来。
法大学术第一人，未立宗派立学派。

法学理论沈宗灵，北大法科学术魂。
基本概念准确化，润育数代法学人。

以民为本政治观，万民之上有主权。
儒法学说归一统，共尊君权与国权。

儒家安邦倡教化，法家治国尚重刑。
宽猛相济导先路，霸王二道合流成。

自然法学求理想，命令法学现实行。
理想现实难统一，困扰数代法学人。

刑部尚书薛允升，比较律学开路人。
唐明法律精研语：重其所重轻其轻。

修律大臣沈家本，中法史学奠基人。
名著《历代刑法考》，古今法制对比论。

博学高才梁任公，法史论著亦称雄。
现代学科探路人，中法史学奠基功。

《九朝律考》前人无，《论语集注》垂千古。
法史名家程树德，忧患年代撰巨著。

法史先驱陈顾远，中国法系专论深。
通史教材质量高，再版赢得后人敬。

法史名著传三本，四十岁前即完成。
一代学人杨鸿烈，不惑年后误半生。

社会分析重礼制，法史论证探精神。
跨界学者瞿同祖，法社会史开路人。

中西法学修养深，业内公认徐道邻。
唐律宋法探研早，通论专论皆高明。

法史导师张晋藩，著作等身不自满。
九十高龄勤著书，雄心万丈开新篇。

法史学人赞蒲坚，八十八岁出辞典。
四百万字亲手写，平凡学者成非凡。

唐律通论与各论，现代分析学理深。
法史名家戴炎辉，大著未曾负东瀛。

法史名家张伟仁，专论综论有宏文。
讲学中美影响大，法学教育探研深。

法史学者杨一凡，博搜典籍献学坛。
考证法史超前人，造福学科意深远。

法史学者李贵连，饮誉学林立沈传。
探索古今承前哲，沟通中西启后贤。

　　《诗说法史》学术篇，选择简介的文史哲等学科的传世名著，都是深浅交融、雅俗共赏的经典小书。这些小书的学术价值不亚于厚重的学术大书，都是我反复阅读受教很深的大家小书。王名扬等法学名家的著作，用汉语非常准确地介绍了世界现代法制，胜过很多半生不熟的译作，给不通晓外语的读者，普及了世界法制的基本知识。

诗说《周礼》

《周礼》发现在汉初，无人重视藏书库。
沉睡兰台百余年，帝师刘歆方找出。
力荐《周礼》入学官，王莽改制成蓝图。
生搬硬套新政败，连累污名此巨著。

东汉末年一大儒，郑玄遍注群经书。
《周礼》成为三礼首，经典生命开新路。
唐代儒者贾公彦，《周礼注疏》能承前。
朱熹称道贾注好，启示后人经脉传。

清代学人孙诒让，《周礼正义》集大成。
近世名家皆称赞，传统礼学放光明。
近百年来说《周礼》，产生时代未统一。
著作性质争议多，法学视角再评析。

西魏丞相宇文泰，创建官制仿《周礼》。
当代史家多称道，寅恪先生也考析。
隋唐六部源《周礼》，宋元明清皆承袭。
条块分割权责明，以官统事重效率。

则天武后仿《周礼》，装潢门面史家讥。
玄宗手谕仿《周礼》，编制《六典》法统立。
宋代狂才王安石，改革亲撰《周礼义》。
新学激进超实际，徒令史家多叹息。

《元典章》据六部编，明清律典皆照搬。
传统法制多稳定，《周礼》六官意深远。
《周礼》影响唐六典，明清会典法统传。
中国法系集大成，跨越时代道路宽。

元大都按《周礼》建，明清皆守中轴线。
博大精深一伟典，光耀华夏万代传。
《周礼》内容真博大，易理阴阳兼各家。
精心编纂成一体，主导思想是儒法。

《周礼》内容共六篇，治国理政设六官。
天官冢宰为第一，佐王安邦掌治权。
六篇皆有总序言，五个方面述王权。
建国立都定疆域，设官化民天下安。

六十三职属天官，王宫诸务皆统管。
国家大事分六类，佐王安邦掌六典。
治教礼政刑事六，为政首要在治官。
纲举目张法令行，官正国泰民自安。

治理官府依八法，编制权责皆可查。
政绩考量有标准，奖惩适当目标达。
管理京城依八则，祭祀住宅有规格。
车服器物皆有度，财用赏罚可调节。

统御群臣用八柄，爵位俸禄与职升。
奖惩废诛权归王，辅助实施天官行。
治理万民用八统，亲亲敬故举贤能。
奖功尊贵拔勤劳，善待彼此如礼宾。

九类职业用民众，农林牧渔和百工。
果业商业丝麻业，闲民就业可雇佣。
赋税法规有九种，王都远近各不同。
关市山泽皆有税，剩余财物回收用。

财政法规共九种，祭祀迎宾救灾用。
群臣俸禄有定制，匠作饲养皆管控。
诸侯贡法有九种，各类贡物法不同。
祭祀礼宾和物产，分别规定按时奉。

维系民心以九田，邦君师儒与官长。
宗主吏友各以道，天下百业皆兴旺。
天官职权原则多，细目规定见属官。
权责常见重叠语，其间关系待考辨。

天官负责法宣布，施行典则归下属。
祭祀朝觐发军令，王为主持天官助。
天子上朝理政事，天官履行协助职。
天子巡守听政事，天官协助亦如之。
国之大事王决断，政务小事天官平。
政绩考核备材料，辅助天子定黜升。

天官副手为小宰，实施王宫政令刑。
诸法副本皆掌管，辅佐天官助执行。
政务处理有程序，根据尊卑定名次。
高低先后分六类，职官管理严规制。

六官系统定编制，各有定员理政事。
大事上报小事决，小宰辅佐天官治。
辅佐天官依六典，官属官职与官联。
邦国大事会同理，邦国小事可合办。

征赋征兵依户籍，买卖借贷依书契。
财物收支依账册，民事诸务有法依。
借贷契约称傅别，买卖契约称质剂。
评断禄位依策书，查核征猎依简稽。

以廉为本评吏治，六项标准察不失。
善能敬正明是非，执法无误又努力。
祭祀朝觐与会同，宾客军旅与田役。
丧荒处理共七事，依法命令备用具。

协助天官赞王礼，接受一年会计账。
指令诸官报政绩，皆由小宰行职掌。
协助天官率属官，定期观看国治典。
摇动木铎传法令，违犯制度必究办。
小宰下属设宰夫，掌管朝位尊礼仪。
安排群吏善履职，受理臣民上书事。
宰夫分工管征令，六官各级职责明。
若有王命须征召，辨清等级再施令。
政绩高下宰夫核，财政收支负责查。
四名宰夫分工管，报告冢宰以奖罚。
跟从大宰察祭物，协助小宰行礼仪。
牢礼燕礼和飨礼，负责诸物之供给。

丧事分等掌戒令，供给器物令办理。
群吏业绩定时查，确定能良报上级。
禁令征令与戒令，适用对象各分明。
朝礼丧礼诸礼事，分管职责细辨清。

管理王宫设宫正，掌管戒令与纠禁。
木板记载吏员名，定时检查值班人。
依规惩奖宫中吏，教育子弟学六艺。
国有大事令下属，坚守岗位严履职。

摇动木铎宣火禁，王有祭祀为照明。
遇国大丧置庐舍，亲疏贵贱分等行。
隶仆职责见夏官，分别规定主次明。
《周礼》内部各体系，尚待细读再说清。

宫中国子与庶子，宫伯掌管入名籍。
安排宿卫先后序，组织分配供役使。
国有大事用宫众，负责召集士庶子。
奖惩皆由宫伯管，按时颁发夏冬衣。

国王王后及世子，食饮皆由膳夫管。
六种牲类做成肉，六种谷物做成饭。
美味一百二十种，八种珍肴各不同。
酱类一百二十瓮，制作方法数十种。

王膳每天一杀牲，陈列共用十二鼎。
音乐奏起王进食，膳夫先尝王后品。
食毕音乐伴奏停，钟鸣鼎食制度行。
斋戒每日三杀牲，献祭之后方可品。

五种情况不杀牲，大丧大荒大疫情。
天地有灾国有寇，膳食制度变通行。
普通中餐和晚餐，奉膳赞祭不杀牲。
王与臣下燕饮时，膳夫代王敬来宾。

王后太子之膳馐，皆由膳夫统一管。
牲肉干肉赐臣下，也由膳夫行职权。
臣下进献祭祀肉，膳夫用作王肴馔。
国王王后及世子，膳费年终免结算。
六畜六兽与六禽，庖人掌管专设置。
辨别名号与毛色，分清鲜活进王室。
祭祀丧事待宾客，供给美味合令时。
接受兽人献禽兽，依照规定分等级。

进献王用禽兽肉，春夏秋冬各不同。
王及后膳免结算，其他结算在年终。
内饔掌管烹调事，辨别美味分祭食。
为王杀牲陈鼎俎，再交膳夫献王室。

鸡犬牛羊等禽牲，辨别色味方选用。
宗庙祭祀管宰烹，王室餐饮献特供。
宗庙之外诸祭祀，外饔掌管宰煮烹。
饔礼师役小丧事，相关职责皆履行。

烹人掌管镬与鼎，烧煮烹调又做羹。
水量火候及配料，严格把关合标准。
王室餐饮关天下，尊君重礼为国家。
《周礼》内容来源多，尚待方家证诗话。

甸师耕种王籍田，进献谷物祭祀用。
香蒿白茅和瓜果，为了祭祀也提供。
代替后王受眚灾，施刑王族有罪人。
率领徒属供柴草，代服劳役为内庭。

兽人掌管捕兽器，辨别野兽色毛名。
春夏秋冬随季献，停田猎时交虞人。
祭祀丧事款待宾，死兽活兽交腊人。
皮毛筋骨交玉府，兽人捕猎掌政令。

渔人专职管捕鱼，按季分类供王室。
祭祀迎宾或丧事，供鱼征税守法纪。
鳖人负责捕龟蚌，春秋季节献王室。
祭祀专用交醢人，掌管邦国之籍事。

腊人掌管制干肉，分类制作供祭祀。
款待宾客办丧事，进献干肉皆尽职。
医师掌管医政令，收集药物供医疾。
国中凡有患病者，安排医者往医治。
年终考核医成绩，确定五等发粮食。

食医调配王膳食，饭羹酱饮顺四季。
温热凉寒各相宜，酸苦辛咸皆应季。
牛羊猪狗与鹅鱼，稻黍稷梁麦饭齐。
相关调配守原则，君子膳食讲规矩。

疾医掌管治民疾，了解病因观四季。
五味五谷与五药，五声五色与五气。
九窍九脏都观察，对症处理分治之。
死者记明病亡因，上报主管之医师。

疡医掌管治疡疮，五毒攻之五谷养。
五药疗之五味调，酸辛咸苦甘滑方。
兽医管治家畜病，灌药之后察病情。
根据治后死畜数，兽医俸禄减增定。

酒正掌管酒政令，造酒材料授酒人。
清浊厚薄酒不同，分别献给王室饮。
祭祀依法添加酒，三类酒品盛酒尊。
款待来宾用礼酒，指派下士奉酒迎。

燕饮酒礼王举行，预计用酒酒正奉。
飨礼款待士老孤，所需用酒尽量供。
王赐臣下所需酒，酒正依法管供应。
常制需要供应酒，依照符券账册行。

造酒材料支出数，文书上报按时达。
月底酒正报小宰，年终报至大宰衙。
王及后饮不结算，其他饮用皆有法。
酒人造酒好与差，依照法式定赏罚。

《周礼》思想来源多，首推孟子仁政说。
《中国史纲》有特评，民本精神利家国。
法治主张近《管子》，隆礼重法宗荀卿。
儒法合流成会典，战国末年一高人。〔1〕

---

〔1〕《诗说周礼》写至此，收入《口述法史》附录，九州出版社 2021 年
出版。

六十六职属秋官，统称刑官权责严。
主官称作大司寇，佐王治国依三典。
轻典中典承平用，重典治乱社会安。
五类刑法治万民，适用对象分严宽。

改造罪犯置圜土，监狱劳作有年限。
逃离抗拒杀无赦，改错悔过可从宽。
诉讼要交保证金，轻罪重罪分别判。
嘉石教化规范细，减刑加刑上报官。

每年定期公布法，悬法象魏民众看。
订立盟约做监督，审理争讼据六典。
邦典邦法和邦成，分别适用见天官。
大祭大礼做引导，违犯军令亲监斩。

副职称作小司寇，辅佐执法管审判。
讯问案情务求实，贵族平民分等看。
五声听狱求民情，八辟议贵应从宽。
三刺征询臣民意，定罪量刑标准严。
普查人口管登记，治理邦国有预算。
祭礼军令管执行，考评政绩为治官。

司寇属官称士师，五禁五戒统掌管
司寇执法提建议，八种案例供审断。
人口户籍司民管，三年考评上报官。
墨劓宫刖斩五刑，司刑执掌轻重判。

司刺分掌审判权，辅助司寇狱讼断。
三刺三宥三赦法，慎刑恤刑知从宽。
司约掌管众契卷，大小约剂依评判。
司盟掌管订盟礼，争端根据盟约看。
圜土管理设司圜，劳役改造定年限。
逃离监狱处死刑，服刑期满返民间。

　　1979—1983 年，我在北大本科期间，看肖永清先生主编的《中国法制史简编》，西周法制用了很多《周礼》的记载。后来看张荫麟写的《中国史纲》，书中专门评论了《周礼》的史学价值。改变了近代以来中国史学界否定《周礼》的主流看法。我本想在退休后，没有考评压力，再专门深入研究《周礼》。先用古体诗概述对《周礼》的简要认识。因腰椎病痛加剧，只写出半部《诗说周礼》。近期看到，俞江教授已写作并出版了研究《周礼》的重量级专著，非常感佩！我往日淘存的《周礼》图书，可以捐给《蓟门法史书苑》了。《诗说周礼》未见前人这样写过，再补写《秋官》部分，特别收入本书上篇。

三致猫儿

以猫为子二十年，娇生惯养睡枕边。
两夜未见猫儿来，三更难眠泪如泉。
九零初夏收养咪，又瘦又脏半身癣。
小爪无力上床来，拖鞋里边把身蜷。
临时住房窄又小，书生夫妻共照看。
鸡蛋嚼碎喂猫儿，亦当宝贝当心肝。
装进书包背上咪，自行车载见泰山。
好奇猫儿弄花瓶，一声脆响床下钻。
自养娇子自珍爱，带咪访亲总心担。
大小工地找砂土，猫儿方便顺自然。
土城边上傍晚去，钻进树丛不露脸。
找咪找到月上来，又哄又抱把家还。
窝里横来外露怯，颐和园中爬后山。
匍匐前行游客笑，管他尊严不尊严。
筒子楼里住七年，猫儿陪伴苦亦甜。
小两居中再七年，知足找乐心泰然。
高楼东斋终熬得，夫妻欣慰猫儿欢。
四室二卫任咪走，两个阳台任咪攀。

自行入厨爱干净，半是天性半靠练。
厨房偶有鱼和虾，餐桌前坐等与盼。
九零初夏慈母逝，心亦痛楚心亦寒。
幸遇猫儿降生来，半信人命半信天。
平生欠情多已偿，惟有慈恩无法还。
善待猫儿善伺候，亦疗心伤亦寻安。

　　　　　　2010 年 6 月 13 日凌晨于京华东斋

开门不见咪来迎，二十秋冬入梦境。
长叹一声淘气包，此中人情胜诗情。
三更起来要加餐，二十年无一日停。
几夜未闻猫儿叫，难知生命有几程。
坐到桌前复叹息，左左右右翻书本。
淘气咪儿不来烦，心有所盼神难定。
东斋又号三咪堂，迎了老生迎新生。
如今猫咪不出席，谁当一号大主人。
学生来电望保重，侄女来电谈转生。
娇养猫儿堪怜爱，宽纵人子才难成。
三年前掉两颗牙，已知猫咪入高龄。
生老变故本自然，说不心疼还心疼。

　　　　　　2010 年 6 月 15 日凌晨于京华东斋

小猫长成美少年，病咪转为男子汉。
腰圆腿壮耳尖白，额头纹路带光环。
二十年里咪少病，老来拔牙闲几天
夫妻双双睡沙发，看护七夜防感染。
拔牙好后换咪粮，专用老猫特供餐。
养子娇了他人嫌，养咪娇了主人欢。
体壮之后多食肉，专用猫粮嫌味淡。
喜得海鱼吃太多，突然病倒不进餐。
时间已过六昼夜，此错铸成悲剧演。
人生如戏今体味，悲喜变化一念间。

2010 年 6 月 16 日端午于京华东斋

下　篇

地缘诗选

京华感怀 129 首

巧借神石写春秋，泣血悲欢化泪流。
可惜隔代难相知，读罢红楼叹曹侯。

2006 年 1 月 16 日读红楼·和永忠

天降奇人著奇书，千秋文化熔一炉。
难煞多少秀才郎，愈读愈争愈糊涂。

2006 年 1 月 16 日晨读红楼

高楼赏烟花，京城过大年。
交往随性情，祝福看人缘。

2006 年 1 月 29 日大年初一

一朝禁令解，满城爆竹响。

高楼赏烟花，京华忆故乡。

故乡在云南，红土高原上。

背靠杨梅山，正面向北方。

北方有白路，童年多梦想。

要当文化人，不做放牛郎。

2006 年 1 月 29 日晨 6：35 分于京华

小月河畔静静走，柳芽悄悄上枝头。

京城春意去又来，吾生年华难再留。

2006 年 3 月 9 日于京华

读诗一刻在杭州，满眼春色注心头。

广安莫叹人生苦，去年新叶可还留？

2006 年 3 月 10 日卫方复电

人情看透增悲悯，中年愁绪转深沉。

乡土情怀如旧梦，闹市名利似浮云。

2006 年 5 月 14 日于京华

百合素食感恩间，清淡适口小康餐。

自然纯朴交往好，彼此心里无负担。

2006 年 8 月 24 日于京华

少欠人情不欠债，小康生活多珍爱。

帮助他人量力行，平安无愧身心泰。

2006 年 11 月 18 日于京华

二十八年在京城，不谋官位只谋文。

立德立言再努力，立功期待后来人。

2007 年 2 月 18 日正月初一

春末夏来双节连，既爱劳动更爱闲。

世上人多真才少，几个修炼到中年。

2007 年 5 月 4 日于京华

能忍不易能化难，千考百试到中年。

压制排挤皆动力，大作晚成待后贤。

2007 年 10 月 24 日霜降之日

父母故去无儿女，但求授业不愧心。

师长难得积厚道，学生贵在存率真。

2007 年 12 月 31 日于京华

小康人家少攀比，大千世界多欣赏。

学者生活贵自在，冷眼静观江湖场。

2008 年 1 月 1 日于京华

感冒躺了三天半，药品陪着过大年。

名利钱财皆次要，首善幸福是康健。

2008 年正月初二于京华

寒夜谈红七九冬，再听三国零八春。

大一学生成中年，仍喜周老讲史文。

九旬高龄思锋锐，百家讲坛意纵横。

梁陈钱后大才少，难得一个托命人。

2008 年 3 月吉日听周汝昌先生讲三国有感。

1979 年在北大听周老《寒夜谈红》。

福田公墓清明忙，五彩鲜花满道旁。
此地文化人士多，天南地北聚一堂。
今日我为泰山来，他年哪个能看望。
留得佳作益后学，青草底下睡梦香。

2008 年 3 月 30 于京华

清晨朝霞进窗来，校园喜鹊叫开怀。
没有短信没有客，但有满天好云彩。

2008 年 8 月 2 日晨 5 时于东斋

少时颇爱竹枝词，中年更喜乐府体。
静修常把名文念，超出格律觅小诗。
偶发诸君添一笑，可惜青春成梦忆。
学术美育为信仰，不修来世修今世。

2008 年 8 月 4 日晨于京华

治学谋生卖手艺，大暑讲课多劳神。
自食其力心泰然，传世佳作待后人。

2008 年大暑之日于京华

观赏体操观男篮，群星争辉正华年。
志气才气加勇气，创造运气出非凡。

2008 年 8 月 15 日观奥运感赋

实力命运难双全，半由人意半由天。
胜出功名诚可喜，败落伤痛太堪怜。

2008 年 8 月 21 日于京华

年年中秋又中秋，未穷经典已白头。
悲欢离合数度过，只说天凉不说忧。

2008 年 9 月 12 日晨发郭巍等

教书育人三十年，乐也易来乐也难。
名利场上夫子少，经典深处觅家园。

2008 年 9 月 10 日上午发李凤鸣等

教书育人三十年，江湖世界知深浅。
名利场中险滩多，梦断校园归家园。

2008 年 9 月 10 日于京华

中年时代减率真，多谈风景少谈人。
春夏秋冬数度过，珍重自己靠自身。

2008 年 12 月 11 日于京华

名利场上挚友少，关系网中是非多。
从来没有救世主，创造幸福靠自我。

2008 年 12 月 23 日晨 5 时于京华

未名湖畔柳芽黄，桃李花儿尚未开。
当年同学四方走，惟有刘郎独自来。

2009 年 3 月于京华

土城公园看春蕾，元都遗址怀旧来。
教书育人过半世，难得遇到栋梁材。
幸有永君开博客，不谈风月谈社改。
转发诸生共勉励，惟愿后代胜前代。

2009 年 3 月 15 日发于土城公园

清明之夜睡得深，不见父母来梦境。
小学同窗村头遇，忙问君家现几人。

2009 年 4 月 5 日晨于东斋

元都遗址连万家，京城新园迎朝霞。
落红飘下留春意，化作春泥护春花。

2009 年 4 月 14 日于京华

有福不易知福难，半苦半甜到中年。
老边店里过端午，三鲜水饺一大盘。

2009 年 5 月 28 日于牡丹园老边饺子店

几度沧桑到中年，半靠打拼半靠天。
巧遇国栋聊两句，少谈名利多谈缘。

2009 年 6 月 3 日午于蓟门里一面馆

郭老故居来客少，文豪身后寂寞多。
鞠躬只为才难得，世间完人未听说。

2009 年 5 月 29 日访郭沫若故居感赋

兴到神来写几行，浅吟低语话家常。
水仙诸君多珍重，小月河畔再留芳。

2009 年 5 月 29 日复水仙诗社

学有所长自珍重，文人相轻愧圣贤。
名实统一方可敬，担当道义要铁肩。
　　　　　　2009 年 9 月 4 日发韩涛等

敬其所长恕其短，今人交往慕古贤。
各有高见互尊重，情在深流性在山。
　　　　　　2009 年 9 月 4 日发李凤鸣等

世间是非皆人造，强暴庸弱多入套。
不会静享平安福，东争西斗枉消耗。
　　　　　　2009 年 9 月 5 日发李永君等

遇事莫急多冷静，三思再行少悔恨。
名利都是身外物，生命之本在精神。
　　　　　2009 年 9 月 5 日自勉小诗发诸君

国庆中秋双节来，十年小讲无大财。
卖艺买书花钱少，求安求康求自在。
　　　　　　　　2009 年 9 月 30 日

年年中秋又中秋，岁过半百少诗愁。
拿取手机无佳作，且说宽容胜自由。

2009 年 10 月 3 日

京华深秋北风凉，地坛书市又开张。
学者散心且观俗，平民集会并经商。

2009 年 10 月 16 日

三五人家藏深沟，不知魏晋度春秋。
阴种菜蔬南坡下，晴晒谷米北房头。

2009 年 10 月 18 日李永君电

老妇院中捡红枣，老翁沟畔刨地瓜。
少壮全都进城去，三年两载不回家。

2009 年 10 月 18 日李永君电

天赋多怀佛道心，入世常读儒法文。
以静为安半无奈，不富小乐难言情。

2009 年 10 月 20 日发韩涛

感时感事亦感怀，未从政商治学来。
健康等于多挣钱，平安犹如中好彩。

2009 年 10 月 21 日发章迅等

冒雪前往福口居，火锅开涮格外香。
中年更觉和平好，谢了肥牛谢肥羊。

2009 年 11 月 1 日

丹青油画标新帜，徐匡木刻传藏魂。
美展观来心纯厚，高原杰作回味深。

2009 年 11 月 22 日

冰山漂向新西兰，只因地球在变暖。
人口爆炸天灾多，危难源头是贪婪。

2009 年 11 月 26 日凌晨 3 点感赋

农历腊月二十九，土城公园独自走。
天寒报摊无暖气，买本杂志并问候。

2010 年 2 月 12 日于京华

腊月三十过大年，八方亲友短信连。
虎年吉祥多好运，乐山乐水亦乐天。

2010 年 2 月 12 日于京华

又是岁末归乡时，波音飞动地缩如。
故里话音未曾改，频来难作知章诗。

2010 年 2 月 12 日卫方来电

小雪成冰路难走，江边寒风劲力吹。
点绿催出心头暖，采买茶点过除夕。

2010 年 2 月 12 日李凤鸣电

海棠花溪访海棠，去年今日花茫茫。
今年天冷花开迟，只见青蕾不见香。

2010 年 4 月 8 日

京华四月春光明，独自观赏独自行。
师生同游成旧忆，已将豪情化闲情。

2010 年 4 月 10 日

三春拂面暖乍寒，课前小憩水波澜。
往事虽去成旧忆，点点星光情味长。

　　　　　　2010 年 4 月 10 日李凤鸣复电

海棠花溪再来游，红蕾微露青枝头。
拼搏半生悟淡定，少说欢喜少说愁。

　　　　　　2010 年 4 月 12 日于京华

海棠花会十三届，数度来游品春色。
红蕾满树待开口，不等常客等贵客。

　　　　　　2010 年 4 月 23 日

游春几度看海棠，红蕾初绽访客忙。
万人丛中谁解语？欣赏陶令有刘郎。

　　　　　　2010 年 4 月 23 日韩涛复

海棠花溪再次来，不负春天不负才。
人间名利了未了，不了了之得自在。

　　　　　　2010 年 4 月 26 日

海棠花溪今盛开，男女老幼赏花来。

众生群像不足观，暗香深处寻自在。

2010 年 4 月 30 日

慈母归天二十年，老儿梦思湿枕畔。

如海深恩子难报，似云薄名泪易干。

2010 年 5 月 19 日于京华

清晨静卧梦未醒，耳边风声响不停。

慈母手拿针线来，想迎已是泪满襟。

2010 年 5 月 20 日清晨于京华

二十年前接电文，火车站票京返云。

千山万水探母来，两盒果脯成祭品。

多年苦读未报恩，日久感怀倍加深。

人过中寿回头看，世间至爱慈母心。

2010 年 5 月 20 日大睡醒来

白天四十度，夜晚风转凉。
京华三十年，无梦不回乡。
滇东高原夏，满天闪星光。
山村诸少年，斗鸡在麦场。
倏忽过半百，死生两茫茫。

2010 年 7 月 6 日于京华

奥运广场向北走，森林公园别样幽。
五彩鱼儿结队来，二月兰花竞风流。

2010 年 5 月 14 日 12：58 于奥运公园

三看吴老丹青展，西技中意创新难。
横站苦拼扫美盲，画胆文胆胜前贤。

2010 年 8 月 18 日于美术馆

电视名剧铁梨花，表演出色传奇佳。
爱恨情仇融孝义，沧桑人生多苦辣。

2010 年 11 月 23 日

尺二枕头三尺床，松木纹理荞壳装。
淡泊宁静寻自在，减欲减累增欣赏。

2010 年 12 月 1 日

识浅少快意，知深多叹惜。

百味人生短，每日悟真谛。

真谛何所在，幸福何所寄。

坚持诚与善，创造美和义。

2011 年 6 月 1 日 7：16 发李凤鸣等

中年尚魏晋，再读木兰辞。

自然又简洁，不下格律诗。

为文如个性，古体今气息。

即兴发诸君，随缘祝节日。

2011 年 6 月 4 日于京华

诗如魏晋风，隐隐东篱情。

人似竹林客，日日逍遥行。

闹市作田园，书斋当孤舟。

信步蓟门外，拈花吟古城。

不觉三十载，桃李伴仙踪。

2011 年 6 月 4 日 18：22 郭巍电

端午深夜回家乡，门前儿童带路忙。

父母谈话在里屋，想见已是梦一场。

2011 年 6 月 6 日晨于京华

清晨飞鸿至，读来泪潜然。
亲人千万里，佳节梦团圆。
无以慰君心，挥笔寄诗篇。
人生须快意，离合且随缘。

　　　　　2011 年 6 月 6 日晨宇梅复电

端午清晨看添香，裹粽荔枝放案上。
青烟袅袅清风徐，谁说彼岸无天堂。

　　　　　2011 年 6 月 6 日 7：52 石璠复电

一夜春雨绵绵醒，又是佳节思亲时。
各得其所各自在，惜取此世好光景。

　　　　　2011 年 6 月 6 日晨李凤鸣复电

端午节来忆故乡，少男少女喜洋洋。
滇东山村亦快活，彩线系在手腕上。

　　　　　2011 年 6 月 6 日 9：30 接中起电感赋

榴花端午时，沪上论法史。
细雨沁心田，熏风厚情意。

　　　　　2011 年 6 月 6 日 11：26 徐世虹复电

初五财神日，鞭炮响京城。
世人求财急，渴盼铜金银。
蓟门有兄弟，以道为荣尊。
读书即称富，著书藐石崇。
品香书斋茶，聊谈天池景。
执手称仁兄，静观迎财神。
一同游京华，笑看焰火腾。

2012 年 1 月 27 日郭巍来电

三月故乡草返青，水清风暖春渐明。
抛却多少尘俗事，聊享一日逍遥行。
喜读挚友随趣诗，更添惬意赏春景。
人生自古劳烦多，唯有闲者得闲情。

2012 年 3 月 15 日郭巍来电

东方东月照东斋，夜静心静靠窗台。
何年修得坐化法，安然睡去大自在。

2012 年 2 月 8 日于京华东斋

京华五一扬沙尘，漫天灰雾掩春景。
攫取自然报应来，可怜人间蚁文明。

2012 年 5 月 1 日于京华

雨后走过小月河，一岸凉意伴绿色。
忽见满树蔷薇红，有景便是好时节。

2012 年 8 月 12 日

生老病死本无奈，世道漫长多关隘。
苦时常想甘时味，度过秋冬春又来。

2012 年 8 月 25 日

秋访京华动物园，初来三十二年前。
青春岁月弹指过，大一新生成老汉。

2012 年 8 月 28 日

深秋走过小月河，一岸柳籽颗对颗。
又见几树满身黄，发个短信同赏乐。

2012 年 10 月 26 日

卅年打拼道艰难，闯过一关又一关。
耳顺渐近心力减，梦向海边闲聊天。

2012 年 11 月 30 日

平生写诗少言恨，天生使命在红尘。
顺应环境亦改造，雾霾散后迎新春。

> 2013 年 1 月 31 日于京华

今年春节无诗情，且把古今名文评。
太史公序天天赏，联大碑铭细细吟。
深学未觉老将至，少计功来少计名。
多读慎写有所思，亦利自身亦利人。

> 2013 年 2 月 15 日于京华

红尘滚滚满京华，自在书城坐风雅。
悟透人生堪成隐，厘清学问可为达。

> 2013 年 2 月 15 日李永君屯

小月河畔嫩柳垂，今年春光终明媚。
路边桃花笑迎客，管他平民与权贵。

> 2013 年 4 月 8 日

土城公园增奇葩，老咪头顶玉簪花。
何日魂归东斋里，水仙诗友颂今夏。

> 2013 年 5 月 23 日于京华东斋

勤谨韧诚专，德才识学量。
五者受人重，方为大气象。
高山能仰之，景远可向往。
心中多与少，品质不一样。

2013 年 6 月 28 日于京华

端午时节忆故乡，滇东山村老少忙。
童年玩伴入梦来，彩线系在手腕上。

2013 年 6 月 12 日

清晨来到老咪园，玉簪花开已点点。
有人漫步有人歌，百姓珍爱太平年。

2013 年 6 月 20 日

下午来到老咪园，玉簪花开一串串。
名利世界少计较，审美人生景无限。

2013 年 7 月 2 日

傍晚来到老咪园，几丝凉风轻拂面。
玉簪花前蹲一女，不知思仙或思凡。

2013 年 7 月 5 日

雨后来到老咪园，玉簪花开已成片。
草绿松青鸟儿飞，此情此意在自然。

2013 年 7 月 10 日

诗文有情考无情，刀锋行走过半生。
能招一个算一个，无权无势无恶行。

2013 年 7 月 12 日于京华

腰疾卧床已三天，人生进入新阶段。
是非得失全放下，欣赏美文与自然。

2013 年 7 月 17 日于京华东斋

静卧棕床又三天，定神定气定心安。
人生态度今如昔，多欣多赏多泰然。

2013 年 7 月 20 日于京华东斋

耳顺未到情未了，家事学事总烦扰。
一病半月有所悟，不想了的也得了。

2013 年 7 月 27 日于京华

海淀书城久未来，陈季同著四折买。
学通中西才难得，惜在晚清多无奈。

2013 年 8 月 5 日于京华

春节读美文，心里减思乡。
盛夏读美文，室内生清凉。
以文为伴好，晚景尚芬芳。
虽知老将至，犹学少年郎。

2013 年 8 月 11 日于京华

腰椎发炎四十天，吃药花钱过二千。
快步行走成新梦，今夏中年入老年。

2013 年 8 月 23 日于京华

初秋来到王府井，步行街中茶亭饮。
京华打拼三十年，方成闹市观景人。

2013 年 8 月 26 日于京华

小月河畔中秋行，蓝天白云满京城。
自然赐福人皆有，善自珍赏善自品。

2013 年 9 月 5 日于京华

京华中秋非昔年，蓝天白云只半天。
多谢昨夜一场雨，百里清空靠自然。

2013 年 9 月 20 日于京华

秋访海淀到书城，淘得旧著二三本。
树旁静坐看几页，不负自在一学人。

2013 年 9 月 21 日于京华

京城雾霾雨后散，国庆幸得见青天。
小月河畔走一趟，深情久意在自然。

2013 年 10 月 1 日于京华

乡村孩子多灵秀，生于自然近天成。
都市繁华如梦过，解惑寻道识本真。

2013 年 10 月 2 日于京华

十月京华好风景，天清气爽诗意生。
小月河畔绿柳伴，能欣能赏即福音。

2013 年 10 月 2 日于京华

京华生活卅余年，苦辣尝后品酸甜。
耳顺渐近毋多求，美文为友书为伴。

2013 年 10 月 25 日于京华

老边饺店今又来，西葫芦馅亦开怀。
市井社会崇权贵，书斋人生尚自在。

2013 年 11 月 27 日于京华

三十五年在京城，回滇过节仅四春。
普通话儿未说好，明光北里一村民。

2014 年 2 月 2 日于京华

懵懵盛衰知真味，觉来窗外雪茫茫。
年华竟好却一瞬，书中岁月得道禅。

2014 年 2 月 13 日李凤鸣电

春日来到燕南园，哲人归去静无言。
三松堂前树犹在，联大碑铭文永传。

2014 年 4 月 2 日于北大燕园

望七过五奔六来，三春聚会寻开怀。
一路人生多善缘，重情重义重贤才。

　　　　　　2014 年 4 月 7 日于京华

清明聚会近耳顺，亦师亦友过半生。
难得书生本色在，敢走学路又一程。

　　　　　　2014 年 4 月 7 日于京华

广安邀宴明园旁，论史说今意绵长。
三生修得同世聚，一窗春色伴酒香。

　　　　　　2014 年 4 月 7 日卫方和诗

老将克氏未进球，德法之赛少诗意。
小睡片刻再观赏，哥伦比亚战巴西。
拼抢酷烈门神慌，自造点球伤自己！
二十二岁双雄斗，龙腾虎啸争高低。
痛心重伤内马尔，惋惜泪别罗德里！
补觉睡到大天明，醒来眼中带血丝。

　　　　　　2014 年 7 月 11 日观球即兴

福田公墓清明忙，国学大师坐道旁。
立言赢得后人敬，春草散发文化香。

2015 年 4 月 3 日于京华

淘书路上遇诸生，背靠工棚照一张。
美丽时光虽短暂，留下瞬间意味长。
往昔担忧不足忆，今朝过关心轻爽。
祝愿诸君前程好，东西南北各自芳。

2015 年 7 月 7 日于京华

专精练定力，博览学欣赏。
书斋容天下，英才来四方。

2015 年 11 月 5 日于京华

二月雪花到京城，东斋主人开窗迎。
望眼欲穿盼春雨，难得老天降甘霖。

2018 年 3 月 17 日

小月河畔二月兰，一花一片忆华年。
丁香盛开香满道，玉兰华灯照半天。

2018 年 4 月 3 日

兰州拉面一大碗，价廉味美十五元。
幸福不过体健康，步行十里逛书店。

2018 年 4 月 11 日

读书不必为人忙，学术小诗写几行。
名利适度苦一点，不卑不亢亦不抢。

2020 年 4 月 23 日于京华东斋

东斋窗外云，京华梦中景。
万丈晨曦降，天助有缘人。

2020 年 5 月 4 日于京华东斋

颐和园即兴 18 首

盛夏游览颐和园，静坐西堤赏荷莲。
绿叶托起红花来，各自挺立各自艳。
　　　　　2009 年 7 月 11 日 8：20 发于颐和园

深秋夕照颐和园，湖光微动鸭点点。
游人散去柳林静，桂花余香伴中年。
　　　　　　　　　2009 年 10 月 15 日

秋末再游颐和园，小雨过后天青蓝。
寒潮未至湖波静，喜鹊清唱黄柳岸。
　　　　　　2009 年 10 月 30 日发宇梅等

冬日再游颐和园，冰冻湖静北风寒。
寄澜亭上雪尚厚，檐红柏翠天青蓝。

　　　　　　　　2009 年冬日于颐和园

清可轩毁遗迹在，英法联军罪昭然。
只身游园念华夏，屈辱历史不重演。

2009 年 11 月 19 日

寒风拂面游客稀，静观古柳十九株。
略通今昔盛衰史，心存大事不糊涂。

2009 年 11 月 19 日

转道走向耕织园，冬泳男女正狂欢。
延赏斋下有歌舞，退休老人来作伴。

2009 年 11 月 19 日

三十年前上北大，同学伴游颐和园。
细数长廊人物画，几个英名后世传。

2009 年 11 月 19 日发陈新宇等

刘师快意颐和园，巡古探幽兴盎然。
莫道冬寒游人少，三步一吟诗作伴。

2009 年 11 月 19 日李永君复电

万寿山北古木多，松堂道旁积雪深。
只身来游思绪静，悟天悟地悟人生。

2009 年 11 月 20 日发李凤鸣等

二度来访清可轩，味闲斋址费流连。
乾隆御书犹在壁，遥想当年复三叹。

2009 年 11 月 23 日

风和日暖颐和园，天鹅野鸭戏水间。
寒潮未到有春意，冬阳斜照亦欣然。

2009 年 11 月 23 日

冒雨来游颐和园，半身湿透半遮伞。
只为观赏荷花开，人到中年惜少年。

2010 年 8 月 4 日于颐和园

颐和园中秋光好，白云蓝天湖上飘。
健康人生多珍惜，苦乐世界寻逍遥。

2010 年 8 月 23 日于颐和园

秋日来游颐和园，西堤荷花正灿烂。
景明楼前坐一会，心自平静神自闲。

2012 年 8 月 24 日

颐和园里秋光醉，画舫楼上品咖啡。
多谢蓝天白云意，以诗当酒尽兴归。

2012 年 9 月 3 日

深秋来游颐和园，金黄柳叶映蓝天。
难得风后好景致，湖碧山青费流连。

2013 年 11 月 30 日于京华

节后来游颐和园，杏梅盆景正开展。
松堂喜鹊一路唱，踏雪走过万寿山。

2014 年 2 月 10 日于京华

黄河开封洛阳 11 首

菊花时节下中州，不到黄河意不休。
群贤汇集赖君力，激流深处见同舟。

昨夜弟兄昨夜梦，船向西来水向东。
请问国手贺才子，何时苍龙变黄龙？

苍茫黄河苍茫天，结伴横渡意盎然。
千年泥沙积为岛，万里长龙竟成仙。

十月初一赴柳园，一路百姓烧纸钱。
贫民无奈求神助，枉祭黄河枉祭天。

清官难清黄河水，利剑难斩贪渎风。
无条更比白条恶，怒煞柳园老艄公。

九曲黄河日夜流，神州何处是尽头。
两岸苍生千年泪，悲歌一曲向天吼。

一方水土一方人，慷慨厚重黄河魂。
待客不惜酒千杯，敬罢一轮端一轮。

汴京繁华何处寻，宋都御街假犹真。
铁打江山痴人梦，只剩黄河话古今。

1993 年 11 月中旬于开封

伊水清清洛水长，古都胜境称洛阳。
则天皇帝今安在，龙门大佛显紫光。

2005 年 10 月 25 日于洛阳

少林佛寺天下扬，公司老板有方丈。
只因商业开发多，一代名刹成市场。
嵩山顶上剩夕阳，暮霭落下欠苍茫。
参天古树见一株，武术学校遍路旁。

2005 年 10 月 25 日于少林寺

知命之年到汴梁，讲座评议非寻常。
黄河岸边痛饮酒，应谢师门有景良。

2005 年 10 月 30 日发景良

长江秦淮河 15 首

高铁雾中行，时光赛黄金。
不羡名利客，乐得自在身。

2017 年 10 月 14 日

耳顺年华过，来到长江边。
师生再聚会，古都添新颜。

昨到南京阴，今见南京晴。
一船江心过，知景不知人。

桂花飘香时，
来访金陵。
滨江道行二十里，
未见扬子真龙身。
隧道返程。
夹江大桥旁，

鲜花簇新。
万景园里购水喝，
路遇老者话古今。
难知天命。

2017 年 10 月 15 日

江边老柳，
阅尽多少秋。
六朝古都传说在，
王侯早付东流。
滨江大道急走，
东斋主人忘愁。
不良雕塑煞景，
铁桥难比兰州。

2017 年 10 月 15 日

窗外长江日夜流，
六朝盛衰注心头。
渡江红碑新立起，
灿烂灯光照飞舟。

江景房里看江流，
浪花淘尽古今愁。
夜来窗前安静坐，
半忘欢乐半忘忧。

2017 年 10 月 15 日

头顶小雨沿江行，
远道专程访江景。
长江雄阔名天下，
东斋咏叹念万民。

长江大桥在维修，
走到桥头看江流。
古都代有贤才出，
大国工匠塑神州。

长江桥下徘徊久，
选两石子带回京。
略哄东斋小鱼儿，
大江浪里梦一程。

2017 年 10 月 16 日

王谢名家奇才多，
乌衣巷里留传说。
千年过后犹动人，
长江英豪波连波。

深夜读史多感慨，
动荡年代显奇才。
王谢旧居照千秋，
大江浪过光芒在。

2017 年 10 月 17 日

碧血绘就桃花扇，
青楼谱写锦绣篇，
风尘社会出侠女，
冰火年代立奇传。
秦淮河边古琴鸣，
扬子江畔琵琶弹。
留下媚香醉后人，
塑得玉容亮尊严。

2017 年 10 月 19 日

早起往返绿博园，
南京滨江再留念。
四十余里大步走，
耳顺过后少遗憾。
小诗小照随兴发，
莫负朋友莫负圈。
桂花香浓彩蝶飞，
静水深流心自安。

2017 年 10 月 19 日

大风起兮云飞扬，
超越格律诗路广。
若要古体更自然，
静观黄河与长江。

2017 年 10 月 24 日

联大碑文，大观名联。
兰州河滨，南京江畔。
静坐东斋，都来眼前。
耳顺之年，了几心愿。
书生情怀，知足且安。

2017 年 10 月 24 日

孔府泰山 3 首

半生多读儒家书，不走怪力乱神路。
耳顺方到圣地来，论语菜中拜孔府。

2016 年 4 月 15 日

漫步孔林道，遍地二月兰。
师徒谒圣迹，春雨意绵绵。

2016 年 4 月 16 日

四点半起床，五点观日出。
云生雾蒙蒙，风过神容露。

2016 年 4 月 19 日

新疆吐鲁番 1 首

飞车观光游新疆，同行老友郭志祥。
天山北麓雪正好，黄林草地比画强。
吐乌高速风力劲，达阪城外沙茫茫。
蓝天白云在身后，转向南山看牧场。

2006 年 10 月 18 日于新疆

都江堰成都 5 首

再访都江堰，重登玉垒关。
又过安澜桥，美哉大景观。
直上斗犀亭，蛟龙不再现。
降魔念李冰，千秋伟名传。

2019 年 9 月 18 日

宝瓶口，宝瓶楼。
南街走，西街游。
知三教，明九流。
都江堰，福千秋。

2019 年 9 月 19 日

身在草堂，心系苍生。
创造圣诗，惠及世人。

2019 年 9 月 20 日

重阅杜诗，再悟深义。
儒者典范，忧患哲士。
盖世才学，博大情思。
生前多难，故后传奇。

2019 年 9 月 20 日

早岁偏爱李太白，
晚来方喜老杜诗。
阅尽世间不平多，
以学为本做自己。

2019 年 9 月 20 日

杭州西湖 26 首

首次来杭过五旬，三春去后观柳林。
西子湖畔坐良久，秀丽江南非虚名。

2011 年 5 月 13 日 9：08 发于西湖

雷峰沐晨照，西湖披轻纱。
大美诗难言，生死都放下。

2011 年 5 月 17 日 7：01

三天品味西湖美，晨晖夕照兼夜灯。
栖霞山麓拜英豪，永福寺里祈太平。
苏堤徘徊白堤坐，清风柳莺伴日程。
难得中年有此游，应谢苍天应谢神。

2011 年 5 月 19 日 6：48

平生难得三日游，诗歌酬作竞风流。

清风明月西湖秀，不惭东坡楼外楼。

2011 年 5 月 19 日 18：55 李凤鸣电

少时热爱高原景，成年定居喜京城。

雄浑壮美今不谈，清风秀湖慰吾神。

2011 年 5 月 13 日 10：10

圆月在天，塔光在水。

美哉西湖，令吾心醉。

2011 年 5 月 16 日 21：05 发于柳莺宾馆前

成王败寇为常言，关圣岳武非等闲。

华夏民族多奇士，忠肝义胆铸河山。

2011 年 5 月 17 日 15：55

雷峰彩灯照西湖，塔影水光如梦幻。

几丝清风飘过来，柳叶微动心无念。

2011 年 5 月 17 日 21：10

绍兴古街半日游，鲁迅故居匆匆看。

三味书屋匾还在，百草园里树未见。

     2011 年 5 月 18 日 13：09

雷峰塔现五彩身，如梦如幻西湖景。

清风拂面鱼儿动，三晚欣赏慰平生。

     2011 年 5 月 18 日 20：56

楼外楼餐美，东坡肉真香。

师生相知深，来日方久长。

     2011 年 5 月 19 日 18：00

西湖虽然美，旅途颇劳累。

难得三日游，数年堪回味。

     2011 年 5 月 19 日 19：03

幸得师徒三日游，西湖一次看个够。

江南秀美待追忆，中年过后难回头。

     2011 年 5 月 20 日 2：58

江南烟雨已兼旬，国士临湖破层云。
西子去兮何其久，杭城因尔再传名。

　　　　2011 年 5 月 13 日 10：08 范忠信复电

旧岁同仁游宋城，今夏名流会钱塘。
酤浆卖饼非越女，绿水逶迤真毛嫱。

　　　　2011 年 5 月 13 日 9：31 徐世虹复电

少时不觉江南美，老来对眠雷峰塔。
长叹彼地无片瓦，奈何京城伴黄沙。

　　　　2011 年 5 月 13 日 9：54 徐世虹复电

西子江南惹人醉，国博重器叹观止。
天地人文美中华，俗尘犹可清逸致。

　　　　　　于国博"古代中国"公展之日
　　　　2011 年 5 月 17 日 11：20 徐世虹复电

南窗读律白头现，山水寄情快意生。
西子秀色方恨晚，梅里雪峰已夺魂。

　　　　2011 年 5 月 19 日 8：48 徐世虹复电

岳庙络绎游人日，怎堪莫须蒙冤时。
若有朗朗乾坤在，奈何太宗复奏迟。

　　　另一首：

楼外楼望水接天，师徒游离苏白间。
柳莺起浪闻佳话，几人有此数日闲。
　　　　2011 年 5 月 17 日 16：12 李凤鸣电

平生难得三日游，诗歌酬作竞风流。
清风明月西湖秀，不惭东坡楼外楼。

　　　另一首：

送师软席到一楼，栅栏相隔不自由。
惟愿别后多保重，注意养生系心头。
　　　　2011 年 5 月 19 日 18：55 李凤鸣电

　　　步师昨诗韵：
江南四月快意游，塔影湖光看不够。
百草园中话三味，风光无限在前头。
　　　　2011 年 5 月 21 日 7：56 李凤鸣电

如梦美景可慢赏，悠然心情得细尝。

有幸居于西湖畔，京城高原两相忘。

2011 年 5 月 13 日石璠来电

清风秀湖杨柳岸，雷峰塔影明月伴。

西子湖畔游吟人，神怡心醉无他盼。

2011 年 5 月 16 日石璠复电

青翠白兰亭亭立，甜郁花香扑鼻来。

江南岭南连飞信，吾师已然添豪情。

2011 年 5 月 17 日石璠复电

江苏徐州 2 首

初临年会知天命，今赴年会过耳顺。
若非同门诚意邀，不做江湖点评人。

2018 年 9 月 7 日

云龙湖上光微澜，朝霞映红太平年。
古来兵家争战地，化尽干戈救人间。

2018 年 9 月 10 日

镇江扬州 2 首

难得镇江半日游，金山寺上春风吼。
三人同行师友缘，江天一览下扬州。

2008 年 4 月 10 日于扬州

春和日丽游扬州，瘦西湖光醉人秀。
一步一景一流连，烟花三月琴意幽。

2008 年 4 月 10 日于扬州

桂林阳朔 12 首

山环水绕绣桂林，城在水中水载城。
两江四湖仲秋游，不让苏城和杭城。
2011 年 9 月 21 日晚 10 点于桂林榕湖

六点走过滨江路，象山公园门未开。
耳畔忽入招呼声，竹筏船工邀客来。
2011 年 9 月 22 日

秋水秋波映秋光，云淡风轻游漓江。
师生同道兴致好，美山美水共欣赏。
2011 年 9 月 23 日

阳朔西街真繁华，古洋兼容多酒家。
手工制品有特色，秋水伊人待客雅。
2011 年 9 月 23 日

阳朔码头沿江走，妙遇二女捉田螺。

清纯年少又大方，留下合影待忆说。

2011 年 9 月 24 日

阳朔境内大榕树，独木成林过千年。

四方游人来参拜，既当神敬又当仙。

2011 年 9 月 24 日

望江楼里用早餐，走到江边寻纪念。

有幸捡得月牙石，阳朔之旅存心间。

2011 年 9 月 24 日

阳朔码头再流连，一群水牛过对岸。

此景可待成追忆，有幸当时已欣然。

2011 年 9 月 24 日

重返滨江路，再住桂林城。

此番游意美，含笑回北京。

见多识方广，有空应出行。

好运赏好景，谢天亦谢人。

2011 年 9 月 25 日于桂江酒店

漓江两岸山似姝，亭亭玉立掩翠竹。
十年未晤卿卿面，入画容颜改却无？
2011 年 9 月 22 日石璠和诗

望江楼上望漓江，青山隐隐绿水长。
眼前恍惚田螺女，来生盼做阳朔郎。
2011 年 9 月 25 日戴馥鸿和诗

刘师来到漓江边，山水陶情心怡然。
且将俗务放脑后，三步一吟诗如泉。
2011 年 9 月 29 日李永君和诗

银川贺兰山 1 首

夕阳残照西夏陵，贺兰山前欲断魂。
内乱外患皆自作，灭族灭种亦灭文。

2010 年 9 月 20 日观西夏王陵

丽江大理剑川 14 首

小桥流水通万户，丽江古城似姑苏。
更有玉龙天然美，潭清映雪赛明珠。

1999 年 8 月于丽江

苍山雄伟洱海翠，南诏霸业赖山水。
千年古塔幸还在，不见蝴蝶绕泉飞。

1999 年 8 月于大理

云南大理地热国，露天温泉冠亚洲。
日行千里到此处，难得今秋快意游。

2009 年 8 月 17 日 22：08 发于大理地热国

剑川石窟雕塑奇，南诏国王供拜祭。
剖腹观音世罕见，阿央白神更无敌。

2009 年 8 月 18 日于剑川

石宝山里古寺静，谷幽泉美密林深。
南天瑰宝金庸题，白族崇拜本主神。

2009 年 8 月 18 日于剑川

剑川古迹胜境多，天雨道险难看全。
老君山下行个礼，文献名邦非虚传。

2009 年 8 月 18 日于剑川

洋人街上来回转，大理饵丝吃一碗。
难得出游好天气，谢了洱海谢苍山。

2009 年 8 月 18 日于大理

洋人街上洋人多，旁边坐位洋大哥。
左手执筷当勺用，独自品尝独自乐。

2009 年 8 月 18 日于大理

面对洱海靠苍山，风花雪月大酒店。
优惠房价八百八，五星服务住一晚。

2009 年 8 月 18 日于大理

云南秋游如组诗，弟子无端向往之。
寄情山水三生幸，个中滋味几人知。

　　　　　2009 年 8 月 19 日李凤鸣电

诗人最解山川美，小桃无主自痴迷。
槛外难猜花滋味，惟与诗歌赋新奇。

　　　　　2009 年 8 月 21 日李凤鸣电

蒙蒙细雨走山庄，朵朵粉荷理晓妆。
万树园中赏鹿影，六和塔下品羊汤。

　　　　　2009 年 8 月 19 日李永君电

丹霞峰上望青松，二游黄山不从容。
苍山洱海来飞信，山水相连南北通。

　　　　　2009 年 8 月 19 日李贵连电

大理古城一日游，心无挂碍少忧愁。
赏完美景品佳肴，赋诗多首兴悠悠。

　　　　　2009 年 8 月 18 日宇梅电

西双版纳 3 首

叔侄师生同甘苦，西双版纳享秋凉。
澜沧江边忆慈母，难忍两眼泪成行。

2011 年 11 月 5 日于版纳江边

雨林谷里雨林深，树上住着克木人。
呜哈欢呼传过来，儿童迎客进山门。

2011 年 11 月 8 日于版纳

诗中有画入我门，原质风光羡煞人。
忘情看出真景致，求仁得仁不虚行。

2011 年 11 月 8 日李凤鸣电

海南岛 3 首

铜鼓岭看月亮湾，白浪涌上白沙滩。
风清气爽海天阔，心地仁厚宇宙宽。

2012 年 11 月 8 日于海南

海南文昌白金岸，波光粼粼沙绵绵。
独赏良久美难传，自然神秀景生缘。

2012 年 11 月 9 日

亚龙湾边登后山，左旋右转弯连弯。
上下游车相对嗨，一生一呼一次缘。

2012 年 11 月 9 日

日月潭1首

日月潭畔双叶松，海峡两岸血脉通。
首次来台天作美，慈恩塔上撞回钟。

2010 年 10 月 27 日于日月潭

西安 2 首

桂花飘香时，来访大雁塔。
玄奘灵骨在，佛心润中华。

2014 年 9 月 25 日

塔顶赏喷泉，盛唐亦难见。
人才历代有，可惜少英贤。

2014 年 9 月 25 日

兰州 8 首

河西走廊在前头，梦见左公当年柳。
浩气长存天地间，保疆守土惠千秋。
多年未乘长途车，几番梦醒到兰州。
幸带袖珍东坡词，忘古忘今亦忘愁。

2017 年 9 月 9 日 02：47 于 255 次列车

白云宾馆住三天，每日漫步黄河岸。
羊皮筏子坐一回，不赞文人赞好汉。

此行留忆最深刻，首次乘筏渡黄河。
师徒二人背靠背，东斋庆锋立言德。

黄河日夜流，浩荡过兰州。
铁桥挡不住，向海寻自由。

高楼两岸立，大河径自流。
谁是真主人，皮筏浪中游。

四天在兰州，一次欣赏够。
黄河东流去，耳顺不回头。

喜鹊叫不停，似乎在留客。
坐对白塔山，再次诵黄河。

2017 年 9 月 9 日至 13 日

不羡权贵不羡富，不争名利不嫉妒。
我的时间我安排，我的研究我做主。
旧友炎凉莫在意，新知褒贬勿在乎。
一心一意谋学术，自珍自重自惜福。

2017 年 9 月 14 日丁酉秋日深夜
于兰州至北京 256 次列车

济南 2 首

济南讲课在今晚，上午来游千佛山。
一方文化一方佛，方头方肩山东汉。

2009 年 12 月 6 日发于济南千佛山

济南讲课共三天，来去往返已七年。
今夏闷热时发懵，明秋难挣血汗钱。

2013 年 8 月 7 日于济南

武汉 3 首

武汉三校一日游，半了新愿半了旧。
人到中年何为福，少喜少悲少忧愁。
2009 年 5 月 17 日于武汉

华中科大林木深，四方英才聚满门。
借得贵校一席地，敢把短文说几声。
2009 年 5 月 17 日上午于华中科大

华中科大春光明，四方专家来论刑。
见仁见智见情怀，论中论西论古今。
2010 年 4 月 17 日于武汉

重庆 3 首

嘉陵江畔钓鱼台，千古战事百将哀。
宋元旧恨成往迹，新科博士观景来。

戊子夏月吉日与西政五博士同游重庆

合川钓鱼城古战场即兴

2008 年 6 月 22 午于重庆

独钓中原展渝风，民命至重古今同。
京师教授寻踪来，临江放情赋新韵。

和刘教授钓鱼城观景

俞荣根 2008 年 6 月 23 日

南滨路上看重庆，壮丽山城动心魂。
浩荡长江东流去，汇合嘉陵越夔门。

2008 年 6 月 22 日晚于重庆

114

昆明3首

黑龙潭水分清黄，此处景观不寻常。
唐梅虽死枝犹劲，宋柏傲然叶更苍。

1999 年 8 月于昆明

回乡已六天，方到翠湖边。
弟兄多老迈，鸥鸟早北还。
云大松树下，静等松鼠现。
远道来访客，想见惜无缘。

2018 年 8 月 24 日

故乡虽美好，远程太累人。
长者半亡故，晚辈代沟深。
幸有学生接，归来未断魂。
从此一别后，只在梦里迎。

2018 年 8 月 26 日

曲靖 12 首

春秋战国天下乱，英雄四起遍八面。
秦归天下成一统，中国封建两千年。
德威单行路不通，文武双治势必然。
大乱过后遂大治，不靠天地靠人贤。

1976 年 12 月 15 日于曲师 319 室

阴晴万变天，高低千样山。
人事多错迕，劝君稳准善。

1976 年 12 月 21 日于曲师

寥廓山头望寥廓，祖国怀里念祖国。
安得插翅上蓝天，甘将热血洒江河。

——题像赠友
1976 年 12 月 27 日黎明写于曲师 2-01 宿舍

春天的桃花不能在冬天开，
秋天的庄稼不能在夏天熟。
性急的人办不成长远的事，
胆小的人不得将军做。

1976 年 12 月 30 日

生活是战场，好比海中浪。
勇敢者取胜，怯弱者灭亡。
痴迷必早丧，清醒是希望。
善者不相害，智者理相让。

1976 年 12 月 31 日

枯柳披银装，耀眼闪白光。
靠雪来装点，美得几时长？

1977 年 2 月 1 日

雪凌正深严，青松仍巍然。
享得三春暖，经得数九寒。

1977 年 2 月 1 日

镜中察容颜，皱纹来装点。

不叹青春早逝，最急雄心难甘。

生不由人选，命可由人变。

有福当然知福，不满岂能自满。

1977 年 2 月 4 日

沉默是我血液的堤坝，

沉默是我生命的力量，

沉默是我灵魂的住宅，

沉默是我做人的诀窍，

沉默是我可靠的伴侣。

1977 年 4 月 19 日

跌撞坎坷道，方知世路难。

清夜扪心问，开窗看苍天。

1977 年 4 月 24 日

世路难，世路难，
每逢弱者倍艰难。
天有眼，地有眼，
冷看直道全无怜。
不尤人，不怨天，
跌倒爬起再往前。

1977 年 5 月 8 日于曲师

珠江源头山水秀，马雄峰顶天地宽。
何日再来游此地，春风吹过胜境关。

2001 年 8 月 22 日

建水 1 首

山奇水幽燕子洞，彝家男儿攀岩走。
来客都称燕窝美，谁知春燕泣血否？

2006 年 3 月 22 日游云南建水燕子洞

罗平1首

九龙瀑布天上来，飞流直下千寻台。
自然神力真壮伟，踏遍河山方豪迈。

1999 年 8 月 9 日

师宗 4 首

下午四时正，写信正会神。
一声哀音至，惊落笔下尘。

数次出外听，惶惶神不宁。
垂头思明日，路往何处行？

哀音惊心头，亿心齐忧愁。
伟人不在世，天地也悲秋。

哀音天地惊，悲乐世人闻。
伟业千秋颂，英名万古存。

1976 年 9 月 9 日于师宗

五龙 17 首

书是宝藏，价值无量。
努力开掘，莫冷心肠。
唯一希望，生命之光。
何路妥当，自鞭向上。

1977 年 10 月 26 日

自幼心亦雄，读书颇用功。
无奈命此薄，瓦盆怎长松。

1977 年 12 月 13 日

两年岁月短，同学友情长。
一别难再见，寄言毋相忘。

1977 年 12 月 19 日

夜来思故友，山遥路难走。

半生竟如此，盘江不尽愁。

心酸肚里咽，苦泪夜间流。

孤独从今始，沉默到出头。

1977 年 12 月 19 日于滇南五龙中学

夜来叹人生，天明起对镜。

青春日日去，皱纹道道深。

1978 年 1 月 9 日

红楼梦，

梦红楼，

梦尽人生喜和乐，

梦尽人间悲和愁。

1978 年 11 月 11 日

星期六的晚上，

孤独地坐在桌旁，

面对昏黄的灯光，

感叹狂热的多愁善感的少年，

忧虑严峻的不屈不挠的现状。

1978 年 12 月 10 日

人民能叫高山低头，
人民能叫河水倒行。
人民能用双肩担走"穷白"，
人民能用两手描绘乾坤。
人民是国家的土地，
人民是生产的主力军。
人民是改天换地的巨人，
人民是创造世界的主人。
人民伟大，万岁人民。

1978 年 12 月 20 日写于五龙公社人民代表会

时间如水流，一去不回头。
更可叹人生，去了还添愁。

1978 年 12 月 31 日

既不要畏惧侮辱，
也不要希求桂冠，
赞美和诽谤都平心静气地容忍，
也不要和愚妄的人空作争论。

1979 年 1 月 5 日重抄于五龙中学

有话未言心失落，孤灯空床守寂寞。

愁在心底没奈何，开窗难对南丹说。

　　　　1977 年 1 月 6 日深夜于五龙中学

没有欢喜，

没有悲泣。

只有焦虑，

只有忧郁。

不见亲人捎来信息，

不见同志传来友谊。

只从同事的眼里，

感到了秋意；

只从邻居话里，

谈到了看戏。

功夫的汗滴，

能否换来丰收的果实？

诚挚的心儿，

能否绽开芳香的花蕾？

把那些焦虑，

把那些忧郁，

默默地咽到肚里。

宁可让它们折磨自己，

不可让嫉妒得意。

宁可埋下头来学习，

不可泄气叹息。
耐心等待吧，
做两种准备。

1979 年 7 月 26 日

为何这般多焦虑，
为何这般多忧郁？
怪你缺乏刚强的意志，
怪你缺乏坚强的毅力。
是的，应该严于律己。
可是，也不要忘记，
焦虑的时刻怎能不焦虑，
忧郁的生活怎能不忧郁。

1979 年 7 月 26 日

怀疑别人，
怀疑自己，
怀疑一的一切，
怀疑一切的一。
相信别人，
相信自己，
相信一的一切，
相信一切的一。

自相矛盾吗，
还是辩证统一。

1979 年 7 月 26 日

天气变凉了，
何况又多雨。
朋友远离了，
怎奈添新郁！
天在流泪，
人在悲泣。
有的怨天尤人，
何如自强不息。

1979 年 7 月 26 日

喜极流泪，
悲极流泪。
泪是咸的，
泪是苦的，
泪是热的，
泪是冷的，
泪的滋味，
被我咽进肚里。

1979 年 7 月 26 日

忍受着孤独的痛苦，
忍受着嫉妒的折磨，
忍受着忧郁的熬煎，
忍受着平庸的生活！
忍啊，忍啊，
或在忍中沉落，
或在忍中复活！

1979 年 7 月 26 日

　　以上几首小诗，均为 7 月 26 日晨一时感慨，信笔写来。1979 年 7 月初参加高考，语文、政治、历史、地理答题顺利，数学、英语自 1972 年高中恶补之后，未再学习，打开试卷，所知甚少。考后忧虑很多。五龙中学所在五龙公社，位于滇东南偏僻之地，消息闭塞。1979 年 8 月 25 日，方接到师宗县文教局电话通知，已收到北京大学法律系录取通知。1980 年后，数学、外语不及格，就难上大学了，更别说上北大了。读书机会不易，存诗终生珍惜！

硝硐 6 首

父迈母苦烧柴愁，求学探家南山走。
担沉汗伴清泉流，人苦少壮有出头。

1976 年 8 月 18 日于硝硐

一纸电文到京城，万里探母返硝村。
未临家门已永诀，天丧贤慈悲煞人。
远离故土倍思亲，梦中常闻哭母声。
大树倒兮枝儿断，手足哀哉痛销魂。

1990 年夏月

故里星汉仍灿烂，可惜花木已凋零。
如今将才又归去，何时能见后继人？

1995 年 8 月 21 日于硝村悼叔父

山还青来竹还翠，人已变化世已非。
半生心思难为说，父母坟前哭一回。

1999 年 8 月 5 日于故乡硝村

京华生活三十年，六分苦来四分甜。
南腔北调回故里，东邻西舍多变迁。
当年长者半入梦，童时玩伴坟新建。
千言万语都不说，短文小诗烧几篇。

2009 年 8 月 13 日于云南高原杨梅山下

滇东高原秋叶深，硝村迎回老书生。
半世治学半无奈，难济乡亲难济民。
父母墓地拜三拜，兄嫂坟前叹几声。
五十过后稍宽慰，登山鞋重步履轻。

2011 年 11 月 3 日于云南硝村

墨尔本 5 首

雅拉河畔花园城，少时梦游壮成真。
岁月难说言难尽，且将初冬当早春。

1996 年秋冬之际于墨尔本

动人风景动人城，情至潮头出诗文。
旧朋新知上笔端，不写官人写学人。

深秋时节到墨城，举目有亲见故人。
万里南来有此遇，应谢苍天应谢神。

年届不惑心犹诚，甜美苦涩都成文。
立德立功境难达，立言尚不让时人。

1996 年 5 月 22 至 24 日

编书写文凡十年，冷暖寒热透心间。
神仙只向胸中觅，不悔昨天惜今天。

1996 年 5 月

新西兰1首

新西兰照黑沙滩，老伴带回奇景观。
海鸥挺立悬崖上，冲浪者舞白浪翻。

2013 年 5 月 23 日

附录1：旧词4首

清平乐·从五龙至师宗

池中蛟龙，
乘雾上苍穹。
左旋右转道空蒙，
但见朝阳鲜红。

南丹陡峭山高，
箐口狭隘关重。
腾飞又遇曲阻，
加油直向大同。

南丹、箐口、曲阻、大同为沿途地名。

写于 1978 年夏日

满江红·寄词丹凤

丹凤腾飞，
沐东风兮驾双龙。
乘彩云，
展翅高山，
翱翔大同。
俯瞰千里南盘江，
雄视万顷原乌蒙。
二十三万各族乡邻，
寄情浓。

翰林名，
御史功，
南张虎，
北杨熊，
看如今安在，
人民主盟。
响水河畔创新业，
海燕坝中夺粮丰。
甘泉茂林育凤凰，
志凌峰。

　　　丹凤、东风、五龙、龙庆、彩云、
高山、大同、响水、海燕皆为师宗县地名。
翰林、御史是指清道咸年间师宗县人何桂珍、窦垿。

写于 1979 年秋

忆秦娥·赠同乡

思乡切，
更何况又逢佳节。
逢佳节，
举目寻亲，
知音难觅。

幸有金风雁书来，
喜折桂花献明月。
献明月，
手捧雄心，
蛊斟热血。

写于 1982 年中秋

浪淘沙·与章迅

古都金秋月，
顺时而圆。
光华洒遍九州土，
清辉洗尽两心田，
地北天南。

人间有佳侣，
心神相伴。
内容为本形为末，
情趣似海诚如山，
共苦同甘。

　　　　　　写于 1983 年 10 月 30 日

附录 2：求学问答

一、影响我求学方向的主要论著?

少年、青年、中年各个时期遇到的论著很多，影响我求学方向的论著不多。选择十种奠定求学根基、影响求学方向的论著，简要说明，供晚辈参考。

1. 《诗歌欣赏》，何其芳著。少年时期遇到此书。不仅引导我欣赏诗歌的方向，而且引导我欣赏生活的方向。

2. 《论语译注》，杨伯峻著。大学初期遇到此书。让我受到为学的长期教育，更受到为人的长期教育。

3. 《经典常谈》，朱自清著。青年时期方遇到此书，了解经典常识晚了点。但找对了书，就夯实了继续求学的基础。

4. 《中国史纲》，张荫麟著。博士毕业后方遇到此书。文史哲政经法等学科视角，综合概述历史，深入浅出，言近意远，正是"常人看了不觉深，专家看了不觉浅"的典范作品。

5. 《乡土中国》，费孝通著。深入了解中国社会之后，提炼出贴近实际具有生命力的理论认识。

6. 《中国古代思想史论》，李泽厚著。问题意识、时代意识、前沿意识，优于同类论著。和《中国近代思想史论》《中国现代思想史论》，成为受益深远的李著三论。

7.《中国哲学简史》，冯友兰著。系统简要认识中国传统哲学的上佳著作。

8.《中国法律与中国社会》，瞿同祖著。法学、史学、社会学综合论述，制度史、思想史综合论述，成为学界公认的经典著作。

9.《大陆法国家民法典研究》，谢怀栻著。简明扼要认识民法典原理原则的经典作品。

10.《比较行政法》，王名扬著。认识不同法律传统特点、不同法律体系构成的上佳著作。

二、怎样看待我的主要论著？

法史专业学习研究四十年，参加项目或主持项目合著时间多，个人独著时间少。个人独著可分三类：

1. 专题法史论著

家法族规、民族法规、民间调解、律典作用、令典作用、会典作用，都有专门论文。

专著《清代民族立法研究》》，中国政法大学出版社1992年第1版，2015年修订版。

2. 综合法史论著

《中华法系的再认识》，法律出版社2002年版。

《中国古代法律体系新论》，高等教育出版社2012年版。

《中国法律传统的再认识》，中国政法大学出版社2018年版。

这三本论著，是专题法史论文的选编和补充。提出并论证：中华法系生命力的重新认识问题？中国传统法律体系与法律变通的深入认识问题？

还有两本教材：《中国法律思想简史》，高等教育出版社 2004 年第 1 版，2007 年第 2 版，2011 年第 3 版。

《中国法制史》，高等教育出版社 2008 年第 1 版，2014 年修订版。

3. 其他论著

《口述法史》，九州出版社 2021 年版。

《学法命运》，中国政法大学出版社 2023 年版。

《学法诗缘》，中国政法大学出版社 2024 年版。

《论语重读》，北京出版集团、文津出版社 2023 年版。

这四本都是普及性小书，普及法史基本知识，普及《论语》基本知识，普及学习体会和生活感悟。60 岁后，编写出版这四本小书，也是向先哲前贤留下的经典小书学习和致敬。

三、求学体会主要有哪些？

1. 以学为本

应当及早树立以学为本的求学信念，以学习为立身处世的根本是长期可靠的。靠贵人相助，靠环境顺利，都难于长期可靠。

2. 学有所本、学有所见

学习必须找到可以长期依靠的经典著作，并在不断学习中，形成自己的见解。

3. 精读要精、泛读要泛

现代书籍太多，难于读全。应当选择精品，细读深思，长期受益。泛览要多，开阔眼界心胸，避免成为井底之蛙，妄自尊大。

4. 以学术为生命的寄托

选择学术道路，应当树立以学术为生命的寄托的信念，才能坚持，才能走远。

以上四点体会，我已写在不同论著中。在这里集中说一说，与各位有缘读者交流共勉。

2024 年 2 月 22 日于京华东斋春雪静好之日

附录3：出书感念

1. 《清代民族立法研究》，中国政法大学出版社 1993 年
3 月出版。这是我的博士学位论文，1989 年答辩通过后，同
学介绍送到民族出版社，放置两年，要三千元资助出版，无
钱资助，取回收存。张晋藩先生向法大出版社池源淳社长推
荐，作为"博士论文丛书"之一出版。池社长亲任责任编
辑，1993 年 3 月出版此书。这是我的第一本书，出书时，已
近不惑之年。收到样书时，深感自己求学不易，写书不易，
出书不易，一夜未眠。1998 年晋聘教授用上本书。2015 年出
了修订版，正文保留原作，补充注释和增加后记说明。修订
版得到法大出版社副总编张越编审的支持和安排责任编辑。

2. 《中华法系的再认识》，法律出版社 2002 年 6 月出
版，丁小宣先生支持出版，担任责任编辑。这是我的第一本
论文集，出书时，已近知天命年龄。收入家法族规、民族法
规、民间调解、儒家礼治思想、法史学科论纲等文。依靠本
书和《中国法制通史》（明卷副主编）及司法部《中国立法
史》项目主持人资格申报博导，得到校长支持，获准担任
博导。

3. 《中国法律思想简史》，高等教育出版社 2004 年 1 月

第1版，2007年第2版，2011年第3版。本书是高等教育出版社高级策划宋军女士邀约编写并安排责任编辑出版的。这是我独立编写的第1部本科教材，以系统引证基本史料为主要特征。

4.《中国法制史》，高等教育出版社2008年4月第1版，2014年第2版。本书也是应宋军女士邀约独立编写的，以简明通俗追求古代法律知识当代化为主要特征。

5.《中国法制史学的发展》，中国政法大学出版社2007年出版。《中国古代民族自治研究》，中央民族大学出版社2009年出版。我担任分课题主持人，出版由总课题主持人负责。

6.《中国古代法律体系新论》，高等教育出版社2012年出版。这是我的第2本论文集。得到宋军女士的支持和安排责任编辑。

7.《晚清法制改革的规律性探索》，中国政法大学出版社2013年出版。这是教育部基地重大项目。

8.《清代法律体系辨析》，中国政法大学出版社2017年出版。是在教育部基地重大项目基础之上调整题目和内容写成出版的。2022年又出了增补版。

9.《中国法律传统的再认识》，中国政法大学出版社2017年出版。这是我的第3本论文集，得到法大出版社副总编张越编审的支持和安排责任编辑。

10.《中国传统刑法——发展线索、生成方式与变通适用》，中国政法大学出版社2019年出版。是在教育部基地重大项目基础上调整题目和内容写成出版的。三个基地项目的出版，都得到法大出版社副总编张越编审的支持和安排责任编辑。

11.《口述法史》，九州出版社 2021 年出版。周弘博责任编辑精心编辑出版。

12.《论语重读》，北京出版集团、文津出版社 2023 年 3 月出版。侯天保责任编辑热忱支持并精心编辑出版。

13.《学法命运》，中国政法大学出版社 2023 年 6 月出版。得到法大出版社副总编张越编审的支持和安排责任编辑，丁春晖责任编辑精心编辑出版。

后　记

　　古体小诗发微信群，本科李同学的呼应专门录存："用诗歌的方式说话，是一种我们已经失传或者说即将失传的交流艺术。其中的温雅含蓄体贴节制等特质，已快成非遗。广安兄能传承此道，所赋小诗为真情流露，用悲欣交集形容，也不为过。"

　　本科郭同学的回复，特别录存："收到，欣赏中。近日我兄诗作多，意境和语言平淡简洁中见真知。非经历与心态到达某种境界，不可得。我在仁川，读诗有福。"

　　老乡张晓辉教授，收到我的赠书，曾真诚鼓励："你的研究自成一体，文字精致，十分耐读。""你的人文素养扎实，写的东西底蕴深厚。"晓辉和我，都在1979年考上北大法律系本科，互相鼓励，走到现在。

　　同学的鼓励，是我写作的重要动力，特意选录作为后记。

2023年11月26日深夜于京华东斋

12月17日大雪过后补记